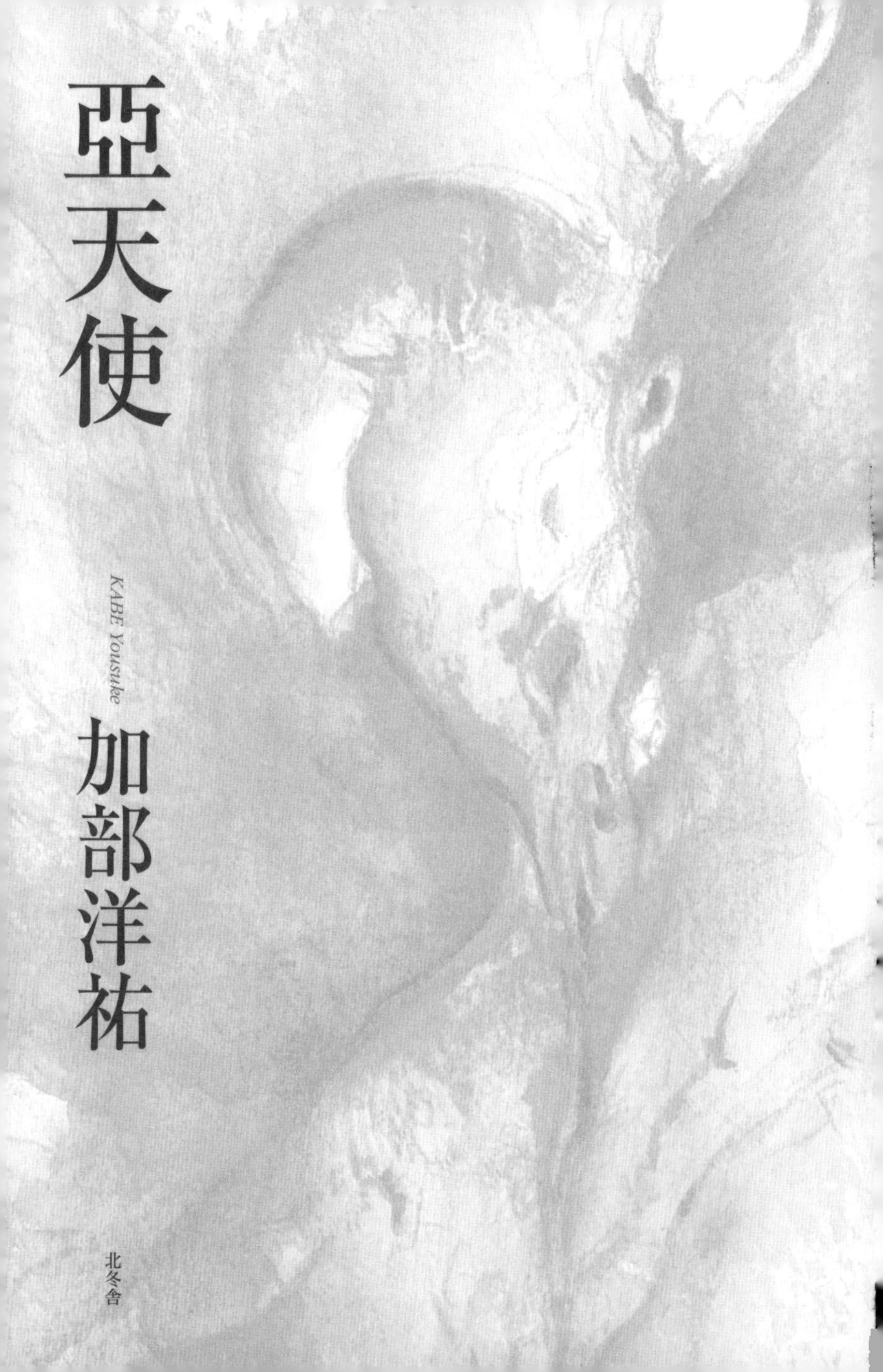

亞天使

KABE Yousuke

加部洋祐

北冬舎

亜天使 目次

Ⅰ　赤痢篇

Ⅱ　移植抄

Ⅲ　回虫録

装画＝「カインの末裔」金山明子
装丁＝大原信泉

亞天使

I

赤痢篇

日章旗

お日さまの軌跡を追ひしぼくの眼の裏より出づる白いヒマハリ

地べた這ふ此の一匹のナメクヂもゆくところまでゆかねばならぬ

日は寒く窓に貼りつきまだ何も語らぬ冤罪予備軍ひとり

もうなにもかんがへなくていいらしい首から上はあぢさゐの花

毎日が誰かの忌日　誕生日　のつぺらぼうがげらげら笑ふ

かわく眼に白内障を怖れつつネットゲームの不快貪る

白に白塗りかさねなさい吝嗇が日毎にぼくを醜くしても

表立ちて国家と抗争する人を見つ遮光カーテンの隙間ゆ

須佐之男が日章旗の太陽を呑めばたちまちタブラ・ラサなる

自瀆者たちの手が生えてきてアマノハラくまなく覆へ白紙投票

夏至冬至至至高の日なり『死に至る病』毎日稚児の舞ひゐし

トイレットペーパーぢやなく星条旗もて尻を拭く白骨死体

電ノコで切断されたぼくの両手(て)が裁判員の首を絞めてる

「かあさんの気が狂つたら逢ひませう」ティッシュペーパーひらひらさせて

さくらばな散れるもよろし永久歯抜けるもよろし初夏の前ぶれ

ふり向かず歩み来し道ふり向けばくうはくはそこに立つてゐました

あかるくつつむ

ぢりぢりとつのる殺意にわが睨むバスの窓すら許し難かり

きりぎりす錐もて霧を穿つべく鳴くや斬り殺さるる麒麟児

あいうえおかきくけこさしすせソドムいづこにありやゆよらりるれろ

新緑の葉は散るばかり熱圏に天使の骨を拾ひあぐねつ

警官に土下座しながら泣くぼくの顔に押し潰されるタンポポ

骨だけの手でも摘みたし夢の夢さらにそのまた夢の昼顔

アブラゼミぼくの眉間で鳴き出せば癰（よう）の弾けて逝くひとのある

掌をあかるくつつむ炎の環三万回の落日ののち

（リア充は全員殺す！）鶏の首絞むるがににぎる吊革

トマト

美少女の切りしトマトのくれなゐの断面に蠢く蟻の群（むれ）

白き永久歯の少年が嚙むトマト脳漿のごと飛び散りにけり

国会議事堂上空日の如く丸ノコ回る我鬼忌河童忌

議事堂に万の地雷の種蒔きて――縊死――花ひらくのを待ちながら

「人殺しどもめ！」「人殺しどもめ！」とスピーカー手に東京駅で

キリストがトマトを食(を)せば天皇もトマトを食して下痢気味のぼく

血を流すぼくの肛門ゆ続続と百足や蟬や猫や赤子が

片恋や袖を絞れど脳内のふたりウェディング・ケーキ入刀

若白髪太陽嵐にたなびかせきみへと放つまなこ無き鳩

藁人形泥人形に釘を打て駅の便器の毛を漁るなり

首の骨首のうしろを突き破る思ひに駆られうれしくもなし

蟻さんをぷちぷち潰す少年のぼくと見守る父との真昼

江田浩司　亞天使の眼

現実の生活と創作の次元は一致するものでも、分けられるものでもない。

その点を踏まえて、加部洋祐の歌を読むとき、加部にとっての世界の見え方は、角膜提供者の死者の目と共存する意識の中で生まれているように思われる。自己の内部に、身体性（肉体）に基づく「他者」の存在を意識に置くことで、剝き出しにされてゆく世界がある。内部と外部に同時に向けられる眼は、自己の存在が何かを生と死の両側から照らし出さずにはおかない。

角膜を移植せられし右の眼を詠めば違和感無きこともなし
生来の角膜を棄て少年は結婚したりひとりの死者と
来世ではきみに逢ひたし手鏡の右眼の奥の〈死〉を覗き込む
右の眼と左の眼にて見て来たりバースデーケーキも祖父の遺体も

加部は、右眼の角膜の移植手術を受けたことを、「Ⅱ移植抄」の連作「右眼」で、このように詠っている。

加部が、第一歌集を『亞天使』と名づけたことは、本書に「亞天使」という連作を収録したからだけではない。「他者（死者）」の眼とともにこの世界を生き、見ることに、〈亞天使〉という存在の持つ二重性が反映しているのではないか。加部の眼に映る世界は、〈亞天使〉の顔を避けてはあり得ないものではないだろうか。

また、人間には、〈亞天使〉の持つ聖性と魔性のカオスが備わっているとも言える。さらに、創作の根幹に要求される超越性を「亞天使」に仮託して語ることも可能である。加部の短歌を〈亞天使〉に特化して批評することは危険でもあり、一面的な見方にすぎないだろうが、〈亞天使〉の存在性を除外して加部の短歌を語ることはできない。

単眼の天使がぼくに手を伸ばしぼくも手を伸ばす竜華樹の春

新世紀十年経ちて亞天使が手錠したまま皿を洗へり

亞天使が亞天使である宿命を問へば5月の葉は石と化す

連作「亞天使」から三首を引用した。一首目の「単眼の天使」には、角膜提供者の存在が反映している。また、二首目、三首目では〈亞天使〉を自己に引きつけて詠っている。加部は〈亞天使〉を空想上のものから解き放ち、自己との分かち難い関係を詠いながら創作との深い関わりを示唆しているのである。

加部の歌には、露悪的な言葉や悪罵を叩きつけるような批判、グロテスクで過激な表現が散見される。私は加部のそのような歌に、生への純粋さとやさしさを見るが、若者たちの中には、そこに今を生きることへの救いを見いだす者もいるのではないだろうか。あまりにも剝き出しの表現が、直接、精神に反作用するのではないかと想像される。

歌集全体は、「I赤痢篇」「Ⅱ移植抄」「Ⅲ回虫録」の三章に分けられ、冒頭が「日章旗」、掉尾が「日蝕旗」と、姉妹篇のように首尾を照応させる。この意図的な歌集構成は、本書の核心的なモチーフが、これらの連作に内在されていることを示しているものだろう。

お日さまの軌跡を追ひしぼくの眼の裏より出づる白いヒマハリ　「日章旗」

毎日が誰かの忌日　誕生日　のつぺらばうがげらげら笑ふ　(同)

血を流すぼくの肛門ゆ続続と百足や蟬や猫や赤子が　「トマト」

短歌への問ひを深めよ赤き輪を黒地の布に描きて旗振る　「日蝕旗」

五月、ニートの憤激のデスマスク被れる群が振る日蝕旗　(同)

幸福をもたらすといふ光の花の絵も所詮国連の下僕に過ぎず　(同)

一首目の、日の丸を詠んだ歌をはじめ、加部の批判の皮肉と苛烈さは、今を生きる現実に基づいた呪詛のようにも受け取れる。また、四首目の歌では、日本の今を詠うべき短歌の批判精神の欠如に、不満を洩らしてもいる。

この二つの連作をはじめ、加部の歌には、日本への現状批判、政治批判が顕著に見られるが、そのような容赦のない批判の言葉から加部の生命が浮揚してゆく。悪罵や苛烈な皮肉は、加部が今ここに生きていることを明らかにする。やさしさに根を置きながら痛烈な悪罵を放ち、表現の禁忌をも打ち破ろうとする加部は、〈亞天使〉の眼を持つ創作精神を身につけた歌人である。

加部の短歌が反道徳的な誇りを免れないのならば、むしろそのことを誇りとして、さらに自己の世界を切り拓いてもらいたいと思う。私は加部の短歌への理解者の一人でありたいと思うし、それが、加部の歌から受けた衝撃への偽らざる気持ちなのだ。

最後に、印象に残った歌をもう一首引用したい。この歌には、大江健三郎の小説『同時代ゲーム』が背景としてあるのではないだろうか。

受胎せぬ肛門の奥ひらく瞳（め）が未生以前の〈不能〉を覗く　「未生幼虫」

依田仁美　非自明のギャラリー

「赤痢篇」「移植抄」「回虫録」、壮観無比の章題である。何という陣形だ。語形からして、篇、抄、録と、統一さえ忌避している。独自の美学に拠るとしか言いようがないが、このグロテスクとも呼べる意匠の葉隠れに、すこぶる旺盛な詩精神が覗くのはいうまでもない。
満足してもよい状況の現代短歌の実勢に、挑戦しようとする鬼っ子がしばしば出現する。それというのも、短歌自体が、外部の揺れや、内部での暴れに強い、いってみれば五重の塔のような柔構造をもつ詩形だからにほかならない。

加部洋祐は、若者が社会に出るにあたって、まず急いで身に着ける、あの小悧巧というマスクとはまったく無縁、極めて清潔である。清潔さはその常として潔癖症に隣接する。潔癖の象徴として思い出すのは、剣道の基本訓練にある「切返し」という技だ。前進後退しながら左右から面打ちを激しくひたすらひたすらひたすら繰り返すのである。潔癖とはすなわち、過剰の謂であり、執拗の謂である。

独我論偏愛し尽す未来世の風呂場に巣食ふ蜘蛛と契らな　「羽蟻」

にはとりの首垂直に燃え上がる手淫の他は凍れ、星座も　「神楽良への虹」

ニーチェの「チェ」　t・z・s・c・h・e　身を切るほどの過剰を学べ　「ニムロデ」

さらに、潔癖さはひたすら「懐疑心」を招き、その結果がしばしば「否定」につながるのは当然の成り行きである。「短歌は一読して意味が通らなければだめだ」とする正統とも陳腐とも呼べる主張など、彼は歯牙にもかけない。短歌が絶対的基盤とする「短歌表現の自明性」にも、持ち前の懐疑のくさびを打ち付けて肯んじないのだ。

かくして、自明性からの離脱は行われた。

わたくし自身、短歌を真に志すなら、何か「新しいディメンジョン」を求めることこそ有益と考えている。それは、たとえば幾何学でいうなら、「非ユークリッド幾何学」だ。それまでの平面幾何学上の公理も公準も超越した「球面上」の幾何学体系の模索が必要なのだ。

例として、言葉づかいを挙げる。彼の言葉づかいは「交語（文語と口語の意図的恣意的な混交形）」だ。混ぜる。何故、混ぜる。その使用頻度も、なみなみではなく、足搔くように「交語」を工夫する。もはや、格闘に近いが、これも潔癖のなすところである。

　お日さまの軌跡を追ひしぼくの眼の裏より出づる白いヒマハリ　「日章旗」

冒頭歌。「お日さま」「軌跡」「ぼく」「白い」という「完全日常」を、動詞だけ古風に言う「違和感」は、「小悧巧」とはほど遠い。違和感の提示が意図であることは明白である。

　ぼくといふ男をひとり大きなる袋に詰めてぼくは攫ふも　「日蝕旗」

頁を割いてひとつひとつを挙げることは控えるが、目を背けたくなる語彙も跋扈する。

　線路上刺身にされし人体を箸もて抓む醤油片手に　「ぼくの命日」

　脊椎を成すか成さぬか精虫の単性せいしよくを待つ下水　「亜天使」

懐疑の挙句は否定であると先に書いた。否定とはそのまま現状との対峙構造、不気味な用語群は、反既成美の体系を結び、反人倫の形成を司り、一切のまがまがしさを収める。この作業を成すにあたって、バランス感覚は退け、社会規範には無神経のままだ。この猥雑は本を正せば、無論、かの潔癖症に行き着く。否定癖は権力や形而上下に広汎に及ぶ。

輪唱ののみどこじあけ神神は蛙（かへる）の如き舌ひるがへす　「神楽良への虹」

国会議事堂上空日の如く丸ノコ回る我鬼忌河童忌　「トマト」

では、単なるアナーキーかというと、そうではない、非自明をリリースするからには、相応の備えがある。中核思想を推認すれば、「非意味的伝達」である。言語は一次的には「意味」を伝えるが、同時に「制作の意図」も伝えるものであることを知れば、必ずしも意味の轍に収まる必要はなかろう。

握りしめし拳の中のくらやみにみひらく瞳くらやみを視つ　「拳」

人類は天使のさなぎ背を破る翼を秘めて都市、風の朝　「天使のさなぎ」

目隠しのまま耐ふれども両耳は翼のごとく風へと向ふ　「日蝕旗」

「ゾクッとする」「ぼんやりわかる」「きっとアレだ」がメッセージ、断片は感官に食い込む。これこそ、加部が読者に謹んで委ねた「意図」である。語彙的には自明性はない。が、先入的な拒絶感を持たずに読めば、短歌形式にある自律性が、下意識を動員して、その意図を読み手の中で爆ぜ、再生させる。

逆に、文脈中での「起爆」を夢み、そのための「理づめ」に腐心する側面もある。「非意味」に加えて、「作意」もちゃんと忍ばせることがある。これは、目を細めれば見えてくる。「列挙」「音韻」「しりとり」の試みは、明らかに「理解」を求めて差しのべた手である。

きりぎりす錐もて霧を穿つべく鳴くや斬り殺さるる麒麟児　「あかるくつつむ」

「あの子」「恋」「ひまはり」「林檎」「ゴミ」「みんな」「仲良し」「死ねよ！」
「よくできました」　「ニムロデ」

『亜天使』は「日章旗」で開かれ、「日蝕旗」で締めくくられる。

須佐之男が日章旗の太陽を呑めばたちまちタブラ・ラサなる　「日章旗」

短歌への問ひを深めよ赤き輪を黒地の布に描きて旗振る　「日蝕旗」

まず、国のシンボルの中心部の太陽を、あらぶる神に呑ませて、つまり、日の丸をクリアして「タブラ・ラサ」、白紙状態をつくることを発端とし、黒地に赤い輪（円ではない）の旗を「短歌への問ひ」として提示して終末とする。すぐれて構成的な側面も指摘したい。

紙数が尽きる。足らざるところは、世紀の賢人、マズローの「欲求段階説」で補綴する。単に、上手だね、と言われる「承認の欲求」より、高次な「自己実現の欲求」に加部は拠ったに違いない。その道程の自画像とわたくしは読む。

新世紀十年経ちて亜天使が手錠したまま皿を洗へり　「亜天使」

剃る

目鼻耳口を貼られて空中に浮く球体が叫ぶ　「大好き！」

目隠しをしたふうせんが人の名を叫べどそんなひとはしらない

醬油漬けプリンはうにの味がして三島由紀夫の髯を剃りけり

逆光の鏡の中わが顔を土葬する掌ににんにく匂ふ

嗚呼三十路ノヴァーリスは既に亡くヘルダーリンは発狂してた

神様が回せばさくら散るぼくの地球儀にまだあるなり　ソ連

「それは、理性のはたらきが悪意と大力に加わるとき、防ぐすべの全く無いことを、人間は身にしみて知っているからだ。」（『神曲』地獄篇「第三十一歌」）

ニムロデ

ニーチェの「チェ」　t・z・s・c・h・e　身を切るほどの過剰を学べ

「一億人がたつたひとりを殺すより一人が一億人　…すべし」

アルカージイ・イワーノヴィチ・スヴィドリガイロフがあなや飛ばされさうに吹かるる

ステルス機ナイトホークの暗黒を磨けば映る鮪の刺身

「自然ごと自然淘汰を破壊せよ」「核ミサイルの射程圏内」

核ミサイルを核ミサイルで迎撃す物狂ほしき逢瀬はありや

核融合する球体へと伸びる植物なんねんも血の塊を抱く

東京タワーそしてスカイツリーをも踏み潰し真空の闇に曝さな鼻梁

核にても撃ち落せないい太陽をウサギの脳に射精してやる

原子炉を穿ちてあたまだす胎児曰くらふゑるまゐあめくつああびあるみ

この年も常に目覚めて愚民らの首を刎ねずにわが腸を断つ

冬天にぼくの屍さかさ吊り石当てるのもやすくにじんじゃ

「あの子」「恋」「ひまはり」「林檎」「ゴミ」「みんな」「仲良し」「死ねよ！」「よくできました」

太陽活動極小期に入る前にみどりいろのゆびポキポキポキ折る

被爆樹にいつせいに咲く手のひらのゆび吹き散らすブッシュのおなら

自殺と対ひ合ふべし大寒の窓ひりひりと雪も降らざる

枢

いくつかの虹の足もと過ぎにけり柩に蝗どつさりつめて

エーテルを燦燦放つ噴水を翼で隠す丹頂の鶴

ビルディング穹にそびえて夏近し鶴が飛び降り自殺しました

青天の彼方に出づる星あかりあぢさゐの蔭より蟻はあふぎつ

一秒後には冷えにけりさわらびのぼくと天使とぼくのスラング

あたまなどどこかへいつて自転車の車輪の回る首の上かな

洗面器いつぱいに吐く鮮血の底ひに沈む監視衛星

放射性物質かと思へば杉花粉ベランダに原色の黄を撒き散らす

ミミズ腫れになつた髪の毛ヲドリ出すアぢさヰを禁止セらレしたメ

かがやきはぼくにやさしくふるまはれまはれ右する信号機群

地中深くセロファンの羽根あまたはばたきて静まり返る相模野の空

今日もまたぼくらの一人が自殺せり舞ふ〈善〉のビラ国連のビラ

数百の太陽

ゆびさきに結晶しゆく青春をぼくからぼくの小さき窓へ

み仏の車輪ゆつくり回転す北斗の果てを若葉の中を

ヒマハリは太陽の花　きみの顔撮る　数百の太陽ともども

重度の知的障害の少年がぼくの手を握り返すはつなつ

少年のうで氷漬け八月とアスパラガスを握りしめたまま

ありがたうそしてさよなら若き日よひねもす部屋の壁に真向ふ

反意味と作意

I

、　ま　裾穂　ダ　屁　　　産ませ　ほ

II

A　と春　、多　屁　ダ　？、、

Ⅲ

2と　つね根…　A　　日、

Ⅳ

ま？　つ2腕、う、春　と2多…多　、

V

、か、　　に　兄兄、ダ、春　か春Aとう　春　　う獄？

VI

ね　2、兄？　兄多腕、　　春ほダ　せと　日　獄兄

Ⅶ

兄、、　　　穂ま、つつにう、　　多ダ

Ⅷ

う根　　裾産ダ　　2、　　穂腕、

Ⅸ

、…日穂ま

X

、春春多ま？…多ね、春

羽蟻

Chaosとふ口のぽつかりひらくまま桜が散つてまた咲いて散る

ふうせんがふはりふはりと縊死体をオゾンホールへ運ぶあけぼの

独我論偏愛し尽す未来世の風呂場に巣食ふ蜘蛛と契らな

陰毛は排水口にからまれりその奥処より猫の産ごゑ

脳みそにストロー挿してちゆるちゆると羽蟻を啜る全裸の翁

死ねぬなら狂ひに狂へ警察に己が架空の罪を密告

おぞましき国の番犬警察は保健所送り端午の節句

重力の奴隷の身でも北極星（ポラリス）を、ぼくの未生の子を恋ふ　妬む

元旦のスプレー缶の破裂音ゴッホの耳の奥へ奥へと

拳

釈放の日はまだなのかかねてより無縁仏は口をひらくも

維持出来ぬ自我のみを武器に太陽の真裏にひそむ偽善者を討て

掌の破裂しさうな太陽でなでやるきみの若き太もも

自らの嫌悪の命じるままに石をケーキと思ひて食ふ蟻

軍隊を始末するには芸術とロリコンと軍隊が足りない

ぼくもまた××××××を警棒で血ダルマになるまで殴りたし

拷問を過小評価してはならず石といへどもくちびるはある

せんめいにわかつてるのにぼくは顔背けるがゆゑ石なのである

その時が来るまで国家主義にでも擬態してゐよ蝗らぼくら

握りしめし拳の中のくらやみにみひらく瞳くらやみを視つ

Ⅱ　移植抄

右眼

まなぶたをノックするのは日の光ぼくは刻刻目覚めゆくかも

角膜を移植せられし右の眼を詠めば違和感無きこともなし

母の影夜の病室に探したる六歳のぼく――左眼のみで

生来の角膜を棄て少年は結婚したりひとりの死者と

来世ではきみに逢ひたし手鏡の右眼の奥の〈死〉を覗き込む

左の眼ばかりが利けば視力落ち背骨も曲がる黄泉の方へと

ぼくだけがなぜかメガネを掛けてゐし幼稚園より合唱聞ゆ

右の眼と左の眼にて見て来たりバースデーケーキも祖父の遺体も

生きたしと希はぬほどに年月は流れて今朝も歯を磨きたり

霊の白昼

羽根布団裂きて散らせば美しく吐気催すけものの臭ひ

ひまはりの花びら総て抜け落ちてあたりに充ち来父の口臭

あかちやんのぼきゆをだつこちおつぱいをのまちえるママの髪に白髪が

人形をぶつ壊しけり口の中砂がぎつしりおいちいでちゆか？

死にたくはない、とうしろで人形が叫んだとたん夕方になる

白昼の首都に降り立つ心霊かカップルの間(あひ)をぼくは通過す

見ひらける眼いつぱい向日葵を咲かせ刺し合ふ通り魔ふたり

まだ探す菜の花畑のいづこかに転がる小(ち)さきブラックホール

学生は生前葬を済ましたりレクイエム奏でる選挙カー

六月の日照りつづきに壁を這ふ蔦は毎秒呪縛を強め

チョ・スンヒ氏銃乱射せるのち自死すいよいよ深し葉桜の色

〈ネズミ人間〉が殺めし幼女（こ）らに二十年遅れ宮崎勤氏も逝く

地球儀

悲しいときもつとも笑ふ少年は鏡の中で体育座り

いつまでも笑つてゐたい輪になりてクラスメイトを蹴るもつと蹴る

窓ガラス圧す蟬のこゑ両耳を塞げどきみを蹴りしあの日日

Kさんが転校するまでいぢめたるぼくをいぢめしI君・その他

ことばなくうつむくぼくはいつまでもセミの死体をつつくをさなご

蹴られたり殴られたりはイヤだから教室の床舐めにけるかも

地球儀をみどり児のやうにぼくは抱く運動靴も履かずにずつと

白い法律

葡萄はひとつ残らず籠に摘みにけりだからお前の分はもう無い

白昼の光に塞ぎ込む部屋を引越せどつぎの部屋も白昼

白色（はくしょく）の繰り返す日日音立ててプラスチックの銃は折れけり

「殺さねばならぬ人間もゐるもの」と呟くきみの目に映る明日

磔刑のぼくのもろ腕びつしりと紫紺のぶだう実る選挙日

足裏（あなうら）に釘を打て釘さかしまに吊られしぼくにぼくが打つなり

顔見えぬきみの背に手を伸ばさうとしてゐるうちに十年が経つ

わが子抱く母ら手に手を取り合ひてかあごめかごめ白い法律

てのひらにをさまるほどの幸福は小鳥のごとく遂に不在か

エコファシズム反核ファシズム荒れ狂ひ校舎の裏のからすうり白し

天使のさなぎ

赤・青・黄・白の球体内充たすみどり児たちの冥い合唱

前頭葉頭頂葉側頭葉後頭葉の木洩日を浴び

人類は天使のさなぎ背を破る翼を秘めて都市、風の朝

太陽も五十億年後に滅ぶらし　木像の弥勒の微笑

〈失ひたる〉と〈初めよりなかりたりける〉がぼくを育ててやがて刈り取る

白鳥の磨きぬかれしその翼べろべろしやぶる海開きの日

大好きな人の顔した人面犬とじやれあへる囚人あはれ

何故

空海の風信帖を臨書せりこんこんと湧く午のしづけさ

散りにけるさくらはなびらあとかたもなくて毛虫の糞に木洩日

生きてゐるただそれだけの美しさ日差しは午を過ぎたるばかり

うぐひすの声くらゐならわかるのにわかりませんと答へしは何故

微光差す部屋の出口に一匹の蟻がをる見ゆ蟻はうごかず

揺籃の解体

神経の尖端までも青白き春、直腸はハサミ妊る

さたうきびざわざわ爪先よりそよぎ来（き）ぬ目を開けたまま寝てゐるぼくへ

はつ夏の風おとづれる揺籃の中でさみしくオナニーをする

結石に精子を注射して新たなるスターリン生(あ)れ来るを待つ

揺籃は羽根や cosine 吐き出してぼくの掌中に解体す

原爆忌テレビの向うのヒロシマへぼくの偽善はいまだ極まらず

新聞やテレビに背を向けぼくにのみ問ふ平成の原爆忌の意味

「原爆を風化させぬ」と言ふ人の靴を踏みつつうつむくぼくは

独房をぼくの意志とし幼少の頃ゆ強姦されたかりしを

神経が神経のみで直立歩行すガラス張りの女子トイレ

お前の目　ぼくは記憶を　お前の手　繋げられない　お前の口に

生まれたるばかりの赤子泣きもせず首吊りにけり「目覚めよ！」と叫び

Ⅲ　回虫録

天尓有哉（あめなるや）　神樂良能小野尓（ささらのをのに）　茅草苅（ちがやかり）　〻〻婆可尓（かやかりばかに）　鶉乎立毛（うづらをたつも）

『萬葉集』巻第十六「怕（おそろ）しき物の歌」

神楽良への虹

ひらきそむる瞳の底にさかしまのぼくは立つ羊水を汲み干し

初夏来れば草木（さうもく）は血をしたたらし劣弱なぼくを歓待しをり

にはとりの首垂直に燃え上がる手淫の他は凍れ、星座も

うづらこそ撃ち落すべく幻日に水晶体を焼き尽すのみ

かあさんの penis を求めどこまでもよだれ流るるわがいづみ川

抑圧者どもを念じてAMRAAM（アムラーム）けふ降る雪よりも白く塗れ

赤外線誘導されてゆく種子の雲居はるかにフレアの嵐

氷原に椿一本花ざかりわがアブラゼミ音低く鳴く

むらさきの花咲く野辺に木星が、大赤斑が近づきて来ぬ

神楽良まで逢ひに来たまへ生きたまま凍れる虹の橋を踏みしめ

オーロラのカーテンひらき顔を出す濃き口紅の葛原妙子

くるくると詠みはじめてもくるくるといふ音好きぢやないよくるくる

赤き大蛇暴れくるへる暁闇に人権論を交したりすな

輪唱ののみどこじあけ神神は蛙（かへる）の如き舌ひるがへす

耳孔深くカマキリの卵(らん)あふれ出で孵化する幼女・母・幼女・母

初恋を実らせるまで日を囲む白色の虹として輪廻す

羊歯の葉を齧りし記憶いつの世か幽かに疵の遺るＣＤ

くれぐれも死者を冒瀆するなかれ嗤ふエジョフを愛せぬのなら

ひらききりし瞳に生るる氷晶の冴えて甚だひとよを思ふ

翳る

日本神話以前の神楽良の小野へゆきたしや左上空はげしく翳る

くるしみのあたり一面赤靄が立ち籠めてきて木が見ゆるなり

直線にまで抽象化せらるるも瞳の奥に抗ふ向日葵

下半身のみの少年が椅子に坐りをり曇天圧して鳴り響き来（き）ぬ

然るべき時に起こせよコールドスリープ欲しあさがほを見つ

目の覚めて蛇口ひねれば遠つ世に溺死し給ひし李白を飲みぬ

水の出ぬ蛇口の下にいく日も洗ひあふ手と手がありけり、と

未生幼虫

晴れた空から草書の文が降（お）りて来てＤＮＡに彫る〈死〉の歌を

まだ詠まれぬうたから払ひ戻された犬と毒ガスたぶん不毛な

血液の暗がりに棲むボウフラにくれてやるパキシル、Lexotan

水泳の苦手なぼくの肛門に藤の花ふる蟯虫検査

未生なるぼくの子を恋ふる睡りへとたどり着かない蟻の足跡

独り神スカイツリー上空の向日葵の扉（ドア）劫初より閉づ

日の本の胎児を殺めあやめ草鋭くぼくは子宮を有たず

受胎せぬ肛門の奥あかあかと未生幼虫なにをつぶやく

受胎せぬ肛門の奥ひらく瞳（め）が未生以前の〈不能〉を覗く

肛門にあたま突つ込み突つ込まれともに死するも真紅とぞおもふ

自己愛（ナルシシズム）のみを求めて若人の枯れにし顎は黒き血を垂らす

少年は毛虫ゴキブリ忌むがごと父の股間の闇を見ざりき

鬱鬱と言葉失ふ月に日に冷凍保存せし毛と精子

脳仏喉仏心臓仏胃仏腸仏尻仏

老翁の首が便器を飛び出して「みーんな殺してやるよ」とわらふ

操

わが床の直線上のベランダに蟬落ちて来て死に果つるなり

おぞましきはばたき聞きて寝苦しき睡りより覚む無職者の午

地上にてはばたき疲れ睡ること死へ垂直に落ちてゆく見ゆ

睡るぼく死に逝く蟬の直線の意識互ひに交はるもなく

十七の操守ればアメリカを数十億の飛天の死骸がおほふ

核兵器造りてやうやく互角とも見ゆベランダに焼かれ死ぬ蟬

コンクリートのベランダに干涸びてゆく蟬の躰を游ばす夏風

四月二十九日、昭和天皇とわが師・藤田武の誕生日に

緑のコロナ

十三月三十二日地球（テラ）曜日核シェルターの暦をめくる

幼児期の緑内障の眼にコロナ照らばふたたび自己を殺めよ

直径１３９２００００００ｍの瞳（め）が空に現れぼくを凝視す

……まで１４９５９７８７００００ｍ定型の半分もないでもとどかない

地球船（ちきうせん）のしまぐににに死すアブラゼミびやびや鳴くびやびやびやびや「魔女狩りを狩れ」

脳漿の海に静電気葡萄のごと泡立ちて両手(て)の感覚すでに無し

炎天下殺めてやめて轢かれても線路を歩くオモチャの鸚哥

神聖語「ゲンパツテンノー」ＰＴＡおばさんの耳元に突き刺す

おっさんポヨーンポヨーンおっさん蟬落ちてマヤの予言の日は近づきぬ

白人の肌、〈肌色〉で塗装しつ説明書の指示の通りに

ぼくをして詠まねばならぬ一言を奥歯磨り減るほどに嚙みしむ

心臓

原爆と原爆と原爆とぼくとあなたとあなたたちと原爆と原爆の否定と原爆とぼくと原爆の否定と原爆の否定の否定とぼくとぼくがこのぼくたちと言ひ得るぼくたちと原爆の否定と原爆とぼくたちとあなたたちとあなたと原爆と原爆とあなたにぼくたちとぼくと原爆と原爆が原爆にぼくとあなたとぼくたちの原爆と否定に否定があなたとあなたたちとぼくと原爆が原爆と原爆の

否定と原爆の否定の否定に原爆と原爆に原爆が原爆の
中に立つあなたにぼくたちにぼくに原爆の否定と原爆
に原爆とぼくと「　　　」否定の否定と否定とぼく
とぼくにぼくと原爆が原爆と否定とぼくたちにあなた
たちと言ひ原爆と原爆が否定の中に立つ否定とぼくと
ぼくの否定とあなたと否定に原爆が原爆と原爆にあな
たにぼくにあなたの否定のあなたと否定が否定と原爆

とあなたたちとあなたたちの中に立つぼくと原爆とぼ
くにこのぼくたちと言ひ得るぼくたちの中に立つ原爆
とあなたに原爆とぼくがぼくの中に立つあなたにぼく
と言ひ原爆と言ひ得るあなたとぼくとぼくとぼくがあ
なたと原爆とぼくにあなたと原爆がぼくたちと言ひこ
のぼくと言ひ得る原爆の否定であるあなたとぼくと原
爆と「　　」

反歌

ぼくとぼくあなたとあなた原爆と原爆あなたあなたぼくぼく
原爆と原爆あなたあなたぼくぼくあなた原爆と原爆
あなたたち原爆と否定の中に立つぼくが言ふぼくあなたぼく

喪

太田絢子先生を悼む

はじめての握手　しわしわかさかさの小さき手なるよ　最後の握手

ゴキブリをつまみ出すとふ絢子師の手は小さくも大きくもあるかな

語るべきはずの言葉は人の世にとり残されよ　焼香を待つ

高校の友人・櫻井靖丈君を悼む

雪ふらず氷雨も降らぬ空の下喪服の列はぞろぞろ進む

ぼくはこのぼくのためにしか泣けぬのか心は石のごとき手ざはり

かの夏よ　きみから最後に貰ひたる〈ファミマカード入会申込書〉

藤田武先生に

花

挽歌とは棺挽きつつ哭く歌とかつて師より教はりて　今

挽歌など詠むなとぞ師の怒鳴りけるその過去の日に視線を向けよ

反涅槃（ニルヴァーナ）へ　詠みし師ゆゑに黙禱に抗ふ思ひ湧きては去らず

見つむれど目覚むる筈もなきものを知りつつわれらなほも見つむる

もう二度とひらかぬ口よまなぶたよ花に包まれ火へ帰するらん

花花に包まれ睡る師ではなくすでに見しらぬ白骨がある

見知らぬが師の他ならぬ肉体を永く支へし骨なりこれは

骨拾ひ　つまみ損ねて落せるを悔ゆる暇すらなくまたつまむ

天皇を宿敵として生きし師の棺なりけり冬の浴槽

無のための返歌

しよくはいづこにきゆるともさがすにあらずあらず母の日

水虫を世間を水虫を殺せ！殺せ！殺せ！水虫を世間を水虫を

偽平和的暮しなのです幽体離脱ＣＤを聴けど聴かでも

禁忌（タブー）なき世といふ人を笑殺す押し殺し押し殺し石の如しや

濡れ衣をいかにも着せられさうな顔してをり鏡見るまでもなく

首挽げてなほも炭鉱掘る男（ひと）がぼくに託しし一握の　闇

炭鉱にて殉死の歌人・山本詞（つぐる）を思ひをり平成の世のニートたるゆゑ

「政治家を批判し原発を批判すれど岡井隆の鬚に巻かれたし」

消防車ぼくを追ひ越す夜の道中井英夫に叛意もちつつ

大掃除以後捜しても見つからぬ「短歌考幻学」のコピーは

ひとのこころ覗く視力をことりばこ形而上なる城に祀らむ

刺し足らぬならば刺すべし刺せいつか手応へのなき深みへとどく

……——answering song for mu　む　無　む　mu for answering song——……

ぼくの命日

自死

二十一世紀一般市民が生殖器撫で合ふ図をも愛と呼ぶかな

眼窩よりあさがほの蔓伸びてゆき恍と花咲くぼくの命日

検死

あたまから足の先まで赤ペンキ塗りたくられて昼の電車に

反復せよ反復せよ評価を誘蛾灯には無能が集ふ

通夜

もうセミが鳴いてゐるのか夢の外へと六月が蹴飛ばされけり

回虫の輪をほどきてもうたを詠むぼくらはひと生限りの蛹

蝶の橋ならぬ蛾の橋渡り来て蝙蝠傘を閉づるイザナミ

告別式

手手手手手足足足手手足あ死足手手手手手君もおいでよ

救世主まだ現れぬ住宅地飼犬に怯えながら歩む

労働者階級ですらなきぼくがいつたいなにをききにゆくのか

火葬

ま裸の翁ま逆さまの翁茜狂ひのそらに呑まるる

移植せられしぼくの右眼の角膜に火葬の記憶無きをかなしむ

どこまでも夏至のまひるまどこからか知らないひとが夏至のまひるま

納骨

線路上刺身にされし人体を箸もて抓む醤油片手に

軽くなるほど（母言ふ、我記す）落ち易くなる

白すぎてあたまをかしくなりさうだなんてつぶやくピラニアの春

四十九日

死後のわがま暗き指は法務大臣の内臓しづかにもぐも

亜天使

喩であるか花は全きせいしよくき死児のあしいづ死児のうでいづ

少年のリコーダーの音澄みわたり中年となるまでは短し

あたまを幾度銃で撃たれても死なぬ夢見つバレンタインデー

絞殺ののちもタオルはそのままのかたちに凍る春の世の火事

不意に人ぶん殴りたき怒りにも耐へて一首を花瓶に挿せよ

本来は投了すべきわが生のストップウォッチ犬に食はしむ

幼児性観念不全わたそこのさるとりいばらフクロフアウム

自瀆者と自瀆者の交す握手より昇り来(き)ぬもう一つの地球

単眼の天使がぼくに手を伸ばしぼくも手を伸ばす竜華樹の春

新世紀十年経ちて亞天使が手錠したまま皿を洗へり

亞天使が亞天使である宿命を問へば５月の葉は石と化す

パライゾ暗し凍ゆる月の胎内に妊られをり翁のぼくは

脊椎を成すか成さぬか精虫の単性せいしよくを待つ下水

日蝕旗

危ふくも祈りにとりこまれさうに一八〇度首を回しつ

回虫のかつて棲みける腸内もセイケツになり国連を呪ふ

アメリカを買収出来る金よこせまりもが穹を埋め尽しても

ぼくといふ男をひとり大きなる袋に詰めてぼくは攫ふも

うばたまのタールで洗ふぼくの顔夏至光浴びて浴びても痒し

短歌への問ひを深めよ赤き輪を黒地の布に描きて旗振る

五月、ニートの憤激のデスマスク被れる群が振る日蝕旗

最高裁の地下庫深くに鏡ありて耀らし出す干涸びしあぢさゐ

睡らざるひとよが過ぎてカーテンの向う憎悪の太陽(ひ)が誇大化す

ひとしきりぼくを暴ける深淵をぐによぐによしくも日の渡るなる

虹を吞みいくつも虹を吐き出せどアメリカの胃袋は疲れじ

幸福をもたらすといふ光の花の絵も所詮国連の下僕に過ぎず

極左派の男（を）の子の顔が接近し去るまでの間は死後を怖れつ

ゆびひとつうごかす気力なきぼくを吹き荒ぶなり暗き黄砂は

目隠しのまま耐ふれども両耳は翼のごとく風へと向ふ

あとがき、或いは「死」について

癒着した皮膚と皮膚のように、いつまでも脳裏を離れない一つの記憶がある。

まだ幼稚園生だった頃……。夜、布団の中から真暗な天井を見上げて私は泣いていた。私は死にたくなかったのだ。死ぬときに味わうだろう苦しみも恐怖だったが、死んだあと、自分のこの意識がどうなってしまうのかがわからず、それは真の戦慄を私に与えた。隣では父と母が寝ていて、私をなだめてくれたはずだが、幼稚園生の私は、「死にたくない」と泣き続けた。

あれから三十年ほどが経つ。死後、自分のこの意識がどうなってしまうのかという疑問は全く解決してはいないのだが、私は成人する少し前くらいから、いっそう深刻な問題に直面していた。あれだけ死ぬことを怖れていた私が、その問題のためにたびたび自殺の衝動に駆られることになろうとは、「死にたくない」と泣き叫んでいた当時の私に、いくら懇切丁寧に話したところで、理解することなど、とうてい不可能だっただろう。

しかし私は、本当は自殺したいのではなかった。本当は生きたかったのだ。張り裂けんばかりに輝かしく！　ところで、だとすれば、「死にたくない」と泣いていた子供の頃の私が、後年のかかる衝動を理解できないというのは、果たして真実だと言えるのか？

私は『亞天使』と名づけた私のこの第一歌集について、言うべきことを何も持たない。何か少しでも具体的なことをこの歌集について、言ったり書いたりできるのならば、私はここに収めた三〇〇首余の短歌の、一首たりとも詠むことはできなかっただろう。

ただ、「死」と関連して、私がこれ以上書き進めることができないところのもののためならば、ここに収めた全ての歌と、ついでに私のなけなしの才能の一切を犠牲にし、棄てる覚悟がある、と言うことならばできる。私に自負があるとすれば、そもそもこうした思いを抱くものこそが特に歌を詠むべきで、そして自分はそれをこの歌集でなんとか実践し得た、ということに尽きる。

本歌集を出版するに当たり、一年前、「反涅槃（ニルヴァーナ）」へと旅立たれたわが師、藤田武先生に心からお礼申し上げます。先生には、この歌集をぜひとも読んでいただきたかったと思うのと同時に、『亞天使』は先生の「死」をも含めて、初めて『亞天使』であるという事実には覆し難いところがあります。

また、お忙しい中、「栞」を書いて下さった依田仁美さん、江田浩司さん、大切な作品を本歌集を飾るためにお貸し下さった金山明子さん、「舟」の皆さん、「開放区」の皆さん、「大衆文藝ムジカ」の皆さん、かつて所属した「潮音」で出会った皆さん、ともに短歌や文学に関わり、私をこれまで支えて下さった皆さん、そして、事務的な手続きから構成に至るまで入念に見て下さった北冬舎の柳下和久さん、見事なデザインをして下さった大原信泉さん、丁寧に校正して下さった尾澤孝さん、多くの方にお力をお借りしましたこと、あらためて御礼を申し上げます。

最後に、読者の方へ――。ここまで読んで下さって、本当にありがとうございました。この歌集に収められた歌のうち、一首でもお心に留まるものがありましたら、歌人としてとても幸福です。

二〇一五年　元旦

加部洋祐

本書収録の作品は、２００４(平成16)―２０１４年(平成26年)に制作された短歌３０３首と長歌１篇です。本書は著者の第一歌集になります。

著者略歴

加部洋祐

1980年(昭和55年)、神奈川県横浜市生まれ。
「舟」同人。「開放区」同人。「大衆文藝ムジカ」に参加。「潮音」元会員。
住所=〒233-0003横浜市港南区港南6-26-24
E-mail=ttn8kzx2d3@mx8.ttcn.ne.jp

亞天使（あてんし）

2015年 4 月 1 日　初版印刷
2015年 4 月10日　初版発行

著者
加部洋祐

発行人
柳下和久

発行所
北冬舎
〒101-0062東京都千代田区神田駿河台1-5-6-408
電話・FAX　03-3292-0350
振替口座　00130-7-74750
http://hokutousya.jimdo.com/

印刷・製本　株式会社シナノ

ISBN978-4-903792-53-8